向前走，向后看

与最后有关的故事

[芬] 玛雅·赫尔姆　著绘

王梦达　译

深圳出版社

有些人收集钢笔、贝壳或邮票。
还有人收集朋友、旅行或纪录。
我收集与"最后"有关的一切。
在森林里，在家里，在城市里，我找寻着关于
最后的记忆。
有些是我从朋友那里听说的，有些是妈妈的
外婆——我的太婆——告诉我的。

所有关于最后的记忆，都被我收藏进这本书里。

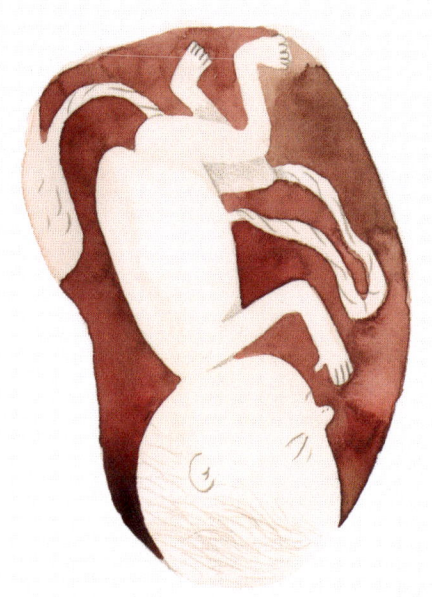

最后一块
尿片。

温暖而亲昵，柔和的漆黑一团。我的生命，就开始于蜷缩在妈妈肚子里的最后一刻。

命名仪式开始前，我逗弟弟玩。这是他还没有自己名字的最后一刻。

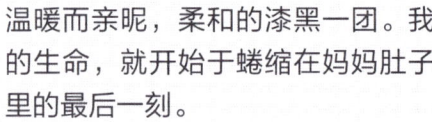

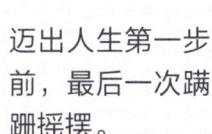

迈出人生第一步前，最后一次蹒跚摇摆。

夜班接生的最后一个宝宝。

4

是最后，却期待已久

我的朋友艾玛总是特别期待
最后一次戴绒线帽出门。她
说："春天来啦。"

5

幼儿园的孩子里，我是最后一个掉乳牙的。当时我在海边玩，牙齿钻进沙子里，怎么都找不到了。好在那天晚上，牙仙子还是来了。

生日前的最后一晚。

固定高低床的最后一颗螺丝钉。

是最后，却期待已久

冲过终点线的最后一名选手。

是最后，紧张也到了最后

跳水之前，帕沃最后
深吸一口气。

是最后，紧张也到了最后

表演开始前的最后紧张时刻。

是最后，把握最后的机会

秋天的最后
一丛蘑菇。

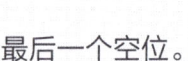

最后一个空位。

最后一颗巧克力——趁大家没看到！

最后一双干净
的袜子。

不见了的玩具，总会
出现在你最后找它的
地方。

最后一抹阳光为天空
渲染出缤纷的色彩。

是最后，天色已晚的最后

最后一盏
路灯即将
熄灭。

最后一班
夜车。

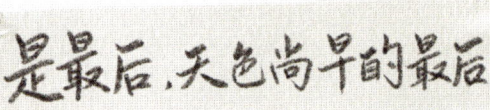

最后一只飞进谷仓，准备安歇的蝙蝠。

幼儿园操场上的最后一个孩子。

来幼儿园接孩子的最后一个家长。

最后抵达的候鸟。树上的好位置都被
占满了。它能找到地方搭窝吗？

是最后，无法挽回的最后

一只大海螺，我最心爱的宝贝，
掉进了海里。
我想起最后一次将它握在手里，
贴在耳畔，倾听大海的声音。

是最后，即将消失的最后

夜间的最后一班渡轮驶离了港口。
有人凑巧赶上，有人不巧错过。

再看一眼世界吧，
雪人，最后一眼。

南飞的候鸟留下最后的身影。
明天一早，白茫茫的霜将覆满田野。

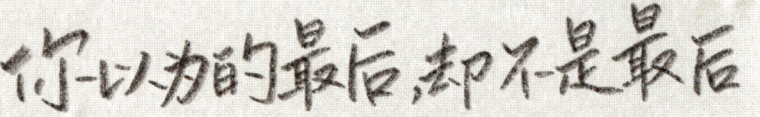

你以为的最后，却不是最后

我的黄色雨衣勾起了太婆的回忆。
"我最后一次踩水玩，感觉像是上辈子的事了。"太婆说。
我拉起太婆的手，一起在水坑里跳来跳去。

在海岛上过暑假的最后一天，伊娃的皮肤还能感觉到阳光的余温，头发里还藏着沙子。

太婆珍藏的一件宝贝：一个朋友寄来的最后一封信。

是最后，所以伤感

最后一次睡在爸爸妈妈中间。
卡勒长大了，温暖的小窝已经塞不下他。

我和罗伯特来到我们的树屋。
高大的罗伯特已经挤不进去，
只好最后一次爬下了树。
现在，它成了我一个人的树屋。

冬天的最后一片雪花打着旋儿，缓缓飘落。
好像在说，别急，慢一点儿，再慢一点儿。

是最后，所以从容

是最后, 变成缺憾

卡勒倒完最后一滴。
果汁从杯口漫了出来。

拼图缺了最后一块。

太婆收藏的杯子少了最后一只。印着绿色爱心的那只。

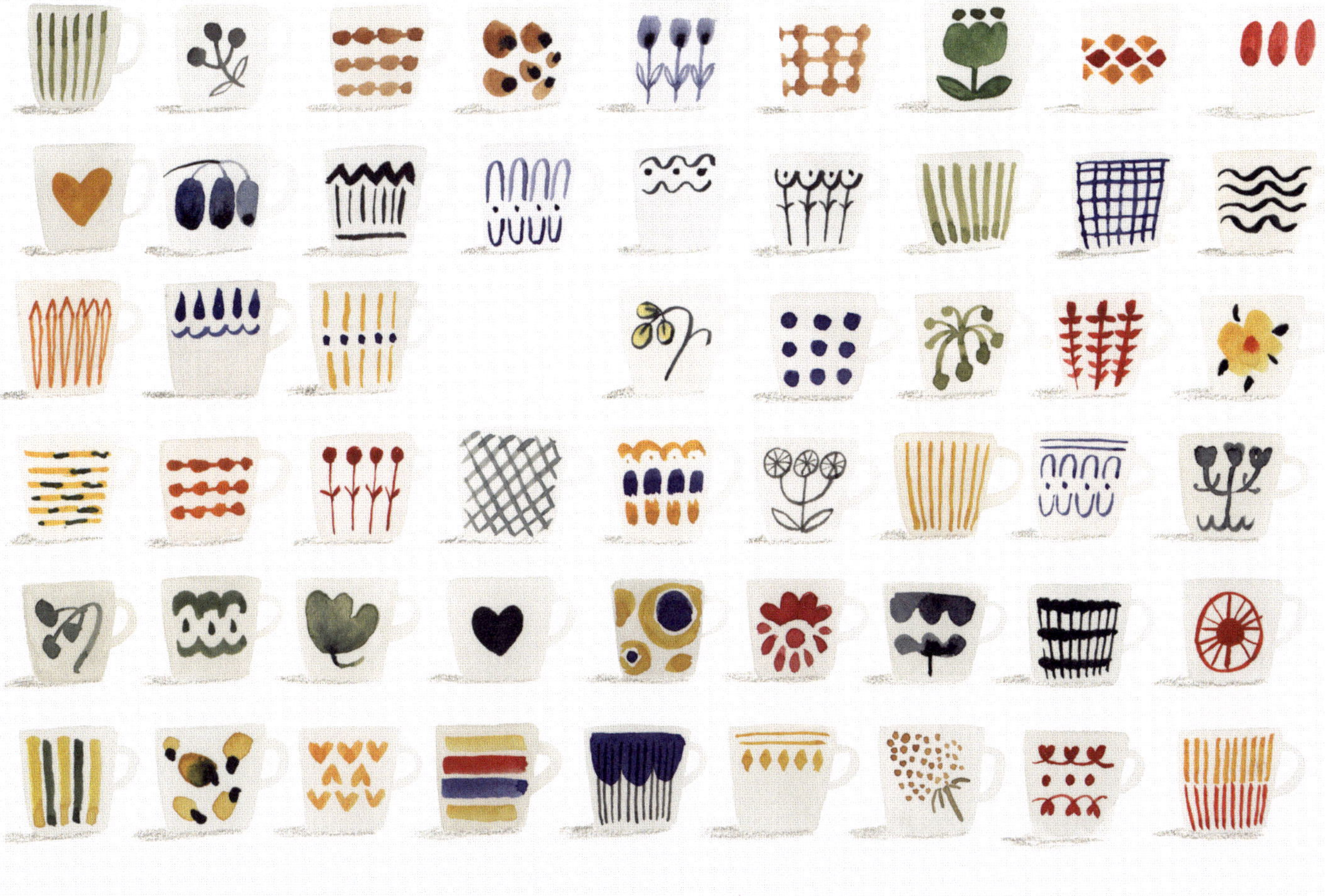

终于，最后一只幼鸟
也离开了巢。

森林里最后
一棵树。

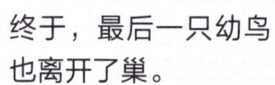

是最后，于是孤独

两支球队挑选队员。你一个，
我一个，最后只剩下一个。

大海中央露出最后一座礁石小岛。
风暴掀起海浪，拍打着岩壁。
寒冬时节，冰雪为礁石小岛戴上一
顶白色皇冠。

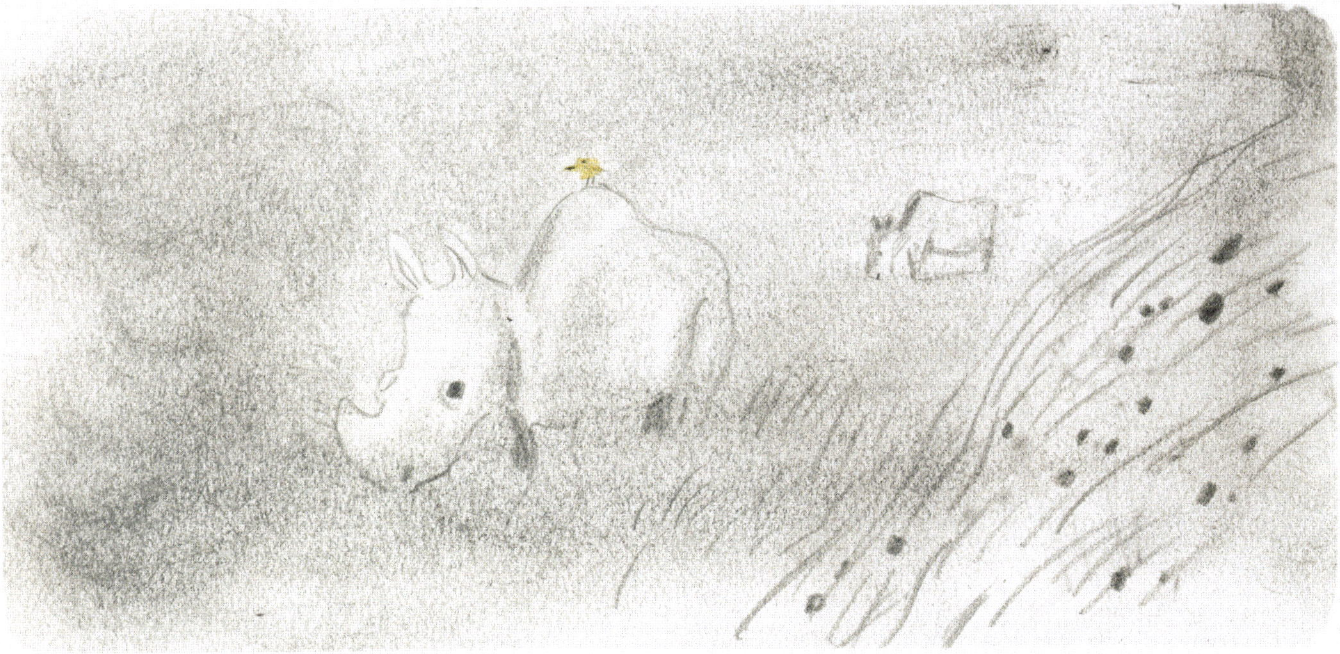

法图和纳金是世界上最后两头白犀牛。

是最后，让人心碎

老人掏出最后一
枚硬币，给自己
最好的朋友买了
一罐吃的。

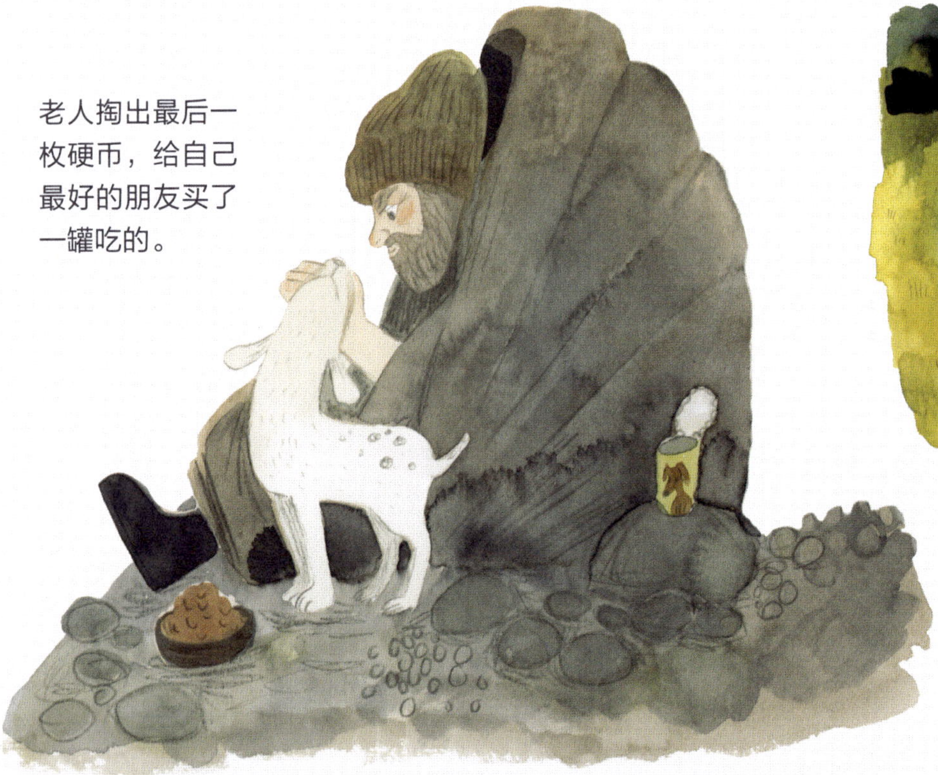

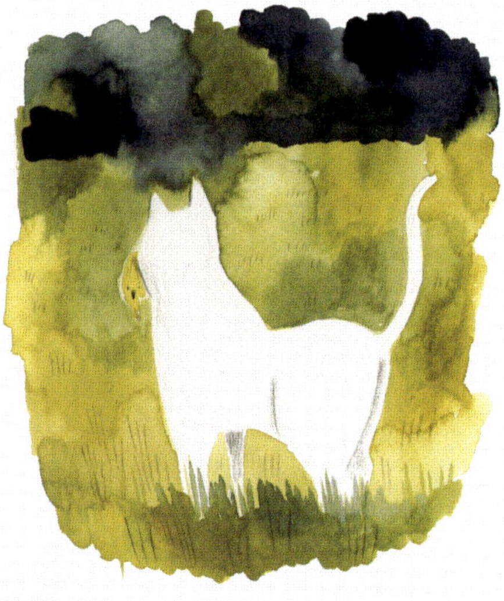

小鸟生命的最后
时刻即将到来。

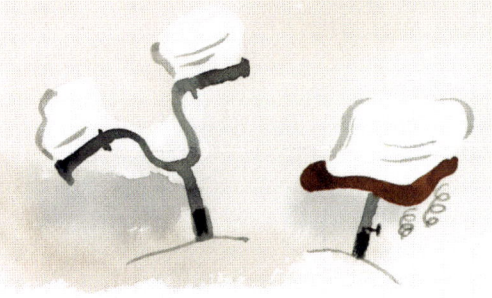

操场上最后一辆自行车，没人要。

最后一批货物，打折出售。

保质期的最后一天
早就过了。

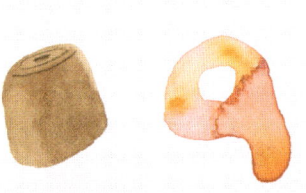
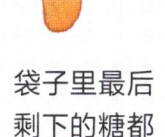

袋子里最后
剩下的糖都
不好吃。

今夜的最后一支舞。我们大家一起跳，跳得地板都在震。

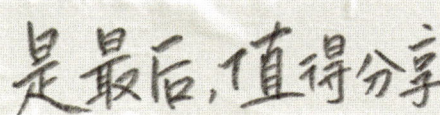
是最后，值得分享

最后一个肉桂卷被切成了四块，每人都有份。大家安安静静地咀嚼起来。

积木塔缺了最后一块。埃纳尔一推，积木哗啦啦散了一地。他说："我们一起搭！"

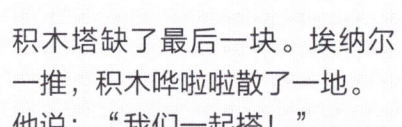

最后的最后，标志着一切的结束。
最后一个念头，最后一次呼吸，最
后一次心跳，最后一声告别。

是最后，最后的最后

星星闪了最后一下。
其实，在我们出生数百年前，甚至数千年前，它就已经消亡。
但直到现在，我们才能看见它最后的光。

书的最后一页。
这本书里，我收集起所有
关于最后的记忆。

那么你呢，你有哪些属于
最后的回忆？

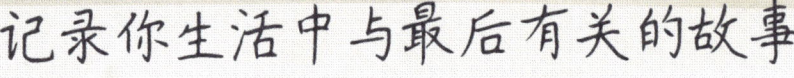

记录你生活中与最后有关的故事

版权登记号　19-2024-316号

Kaikki löytämäni viimeiset

Copyright © Maija Hurme and Etana Editions, 2022

Published in agreement with Koja Agency

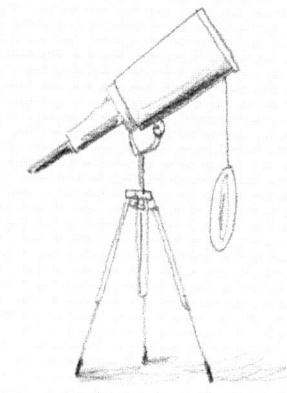

献给所有寻寻觅觅的人。

图书在版编目（CIP）数据

　　向前走，向后看：与最后有关的故事 ／（芬）玛雅
·赫尔姆著绘；王梦达译. -- 深圳：深圳出版社，
2025. 5. -- ISBN 978-7-5507-4174-4

　　Ⅰ．I531.85

　　中国国家版本馆 CIP 数据核字第 2025S033U1 号

向前走，向后看 ： 与最后有关的故事
XIANG QIAN ZOU , XIANG HOU KAN : YU ZUIHOU YOUGUAN DE GUSHI

责任编辑　邱玉鑫
责任技编　陈洁霞
责任校对　莫秀明
装帧设计　王　佳
手写字体　张　阳

出版发行　深圳出版社
地　　址　深圳市彩田南路海天大厦（518033）
网　　址　www. htph. com. cn
订购电话　0755-83460239（邮购、团购）
设计制作　深圳市童研社文化科技有限公司
印　　刷　深圳市汇亿丰印刷科技有限公司
开　　本　889mm×1194mm　1/20
印　　张　1.6
字　　数　20 千
版　　次　2025 年 5 月第 1 版
印　　次　2025 年 5 月第 1 次
定　　价　48.00 元